엘르 시리즈 3

키드 투생 글
아블린 스토카르 그림
이보미 옮김

Elles 3 - Plurielle(s)
© ÉDITIONS DU LOMBARD (DARGAUD-LOMBARD S.A.) 2023, by Kid Toussaint, Stokart
www.lelombard.com
All rights reserved

이 책의 한국어판 저작권은 저작권사와의 독점 계약으로 ㈜다산북스에 있습니다.
저작권법에 의해 한국 내에서 보호를 받는 저작물이므로 무단 전재 및 복제를 금합니다.

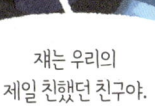

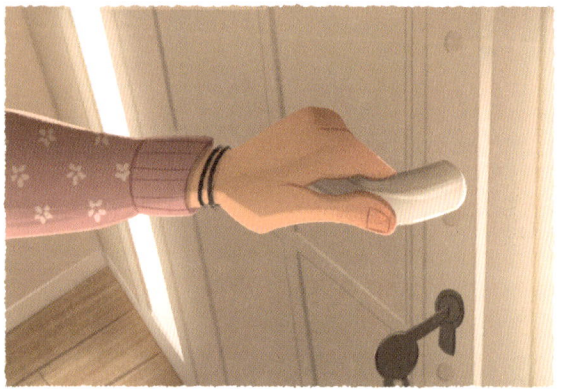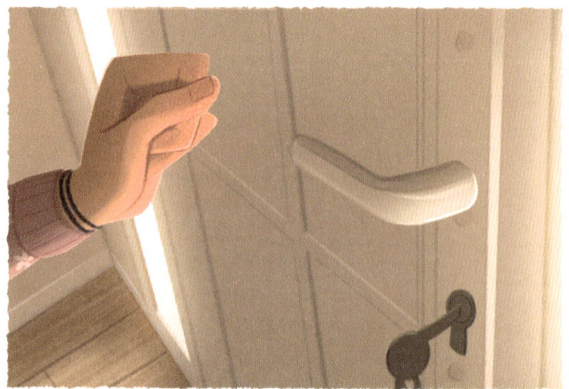

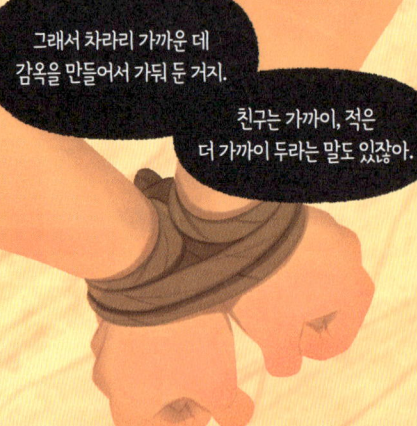

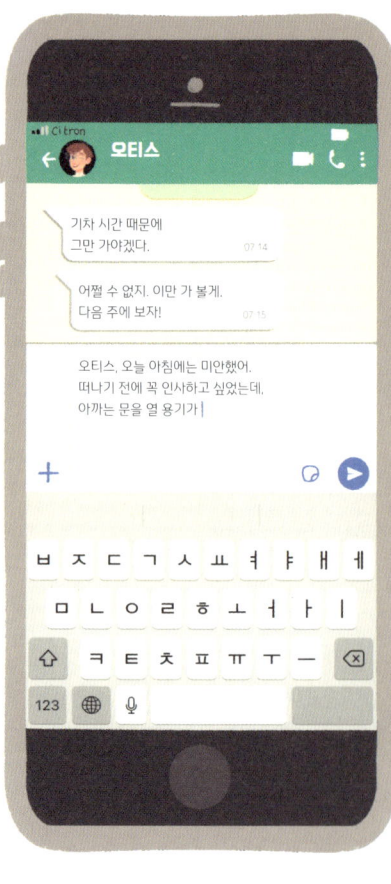
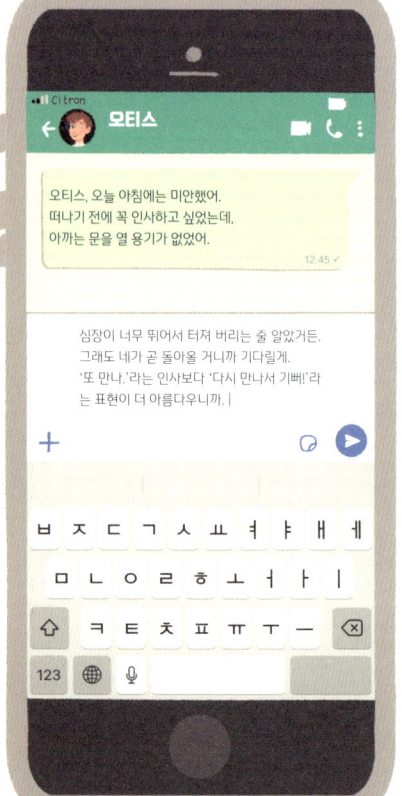

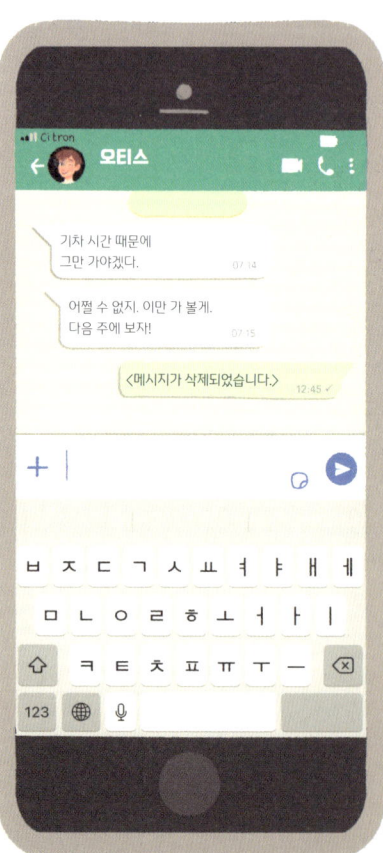

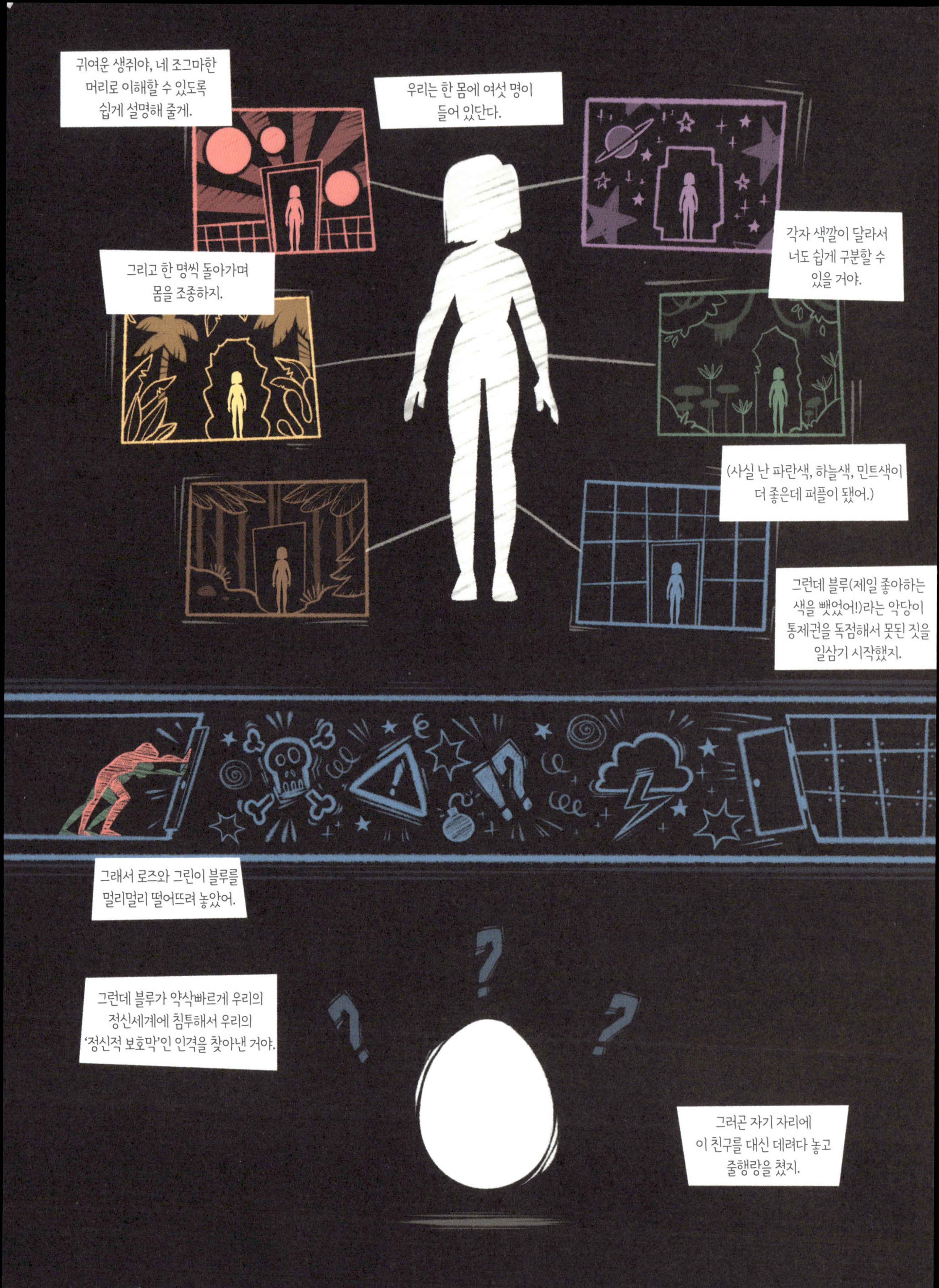

또 다른 못된 짓을 꾸미려고.

퍼플, 나 바로 옆에 있거든.

너한테 말하는 거 아니거든!

있잖아, 생쥐야. 못된 블루가 도망가 버려서 이번에는 로즈와 그린이 블루를 다른 방에 가둬 놓았단다.

그런데 따란! 블루가 또 탈출했네? 그래서 로즈는 최후의 수단을 쓰기로 했어. 바로 우정 다지기! 친구와 함께하는 탈출 게임 같은 거지.

퍼플!

너희한테 하는 말이 아니라고. 난 지금 생쥐한테…

에이, 가 버렸네.

히이익! 저리 안 가!

GildaG가 당신을 팔로우합니다.

아까 그렇게
화내는 게 아니었는데,
…나도 알아요.

너무 걱정하지 마요. 내가
엘르한테 잘 설명했어요.

네? 엘르한테
무슨 얘길 한 거예요?
설마 그 얘길
한 건 아니죠?

괜찮아요.
별일 없을 거예요.
이제 가서 좀 쉬자.

미안하지만 수면제
좀 갖다줄래요?

알겠어요.

GildaG 외 1412명이 좋아합니다.
QueenTine 다음에는 홀딱 벗고 찍지 그래.
Otis_music 널 질투하는 거야. 무시해 버려. 넌 항상 멋져. ❤️

Otis_music 외 655명이 좋아합니다.
Cléa_777 상대 팀 에이스의 코를 박살 내다니 잘했어! 🔥 강력 스매시! 😈

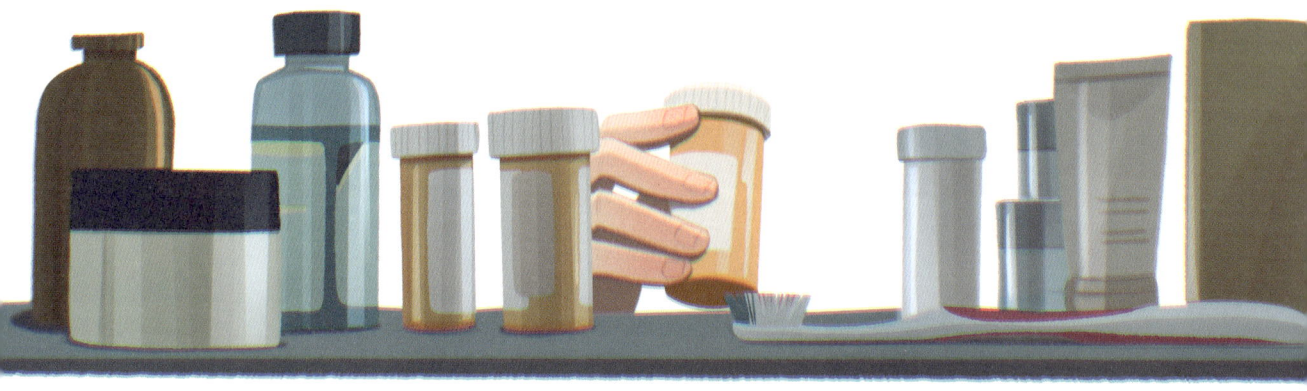

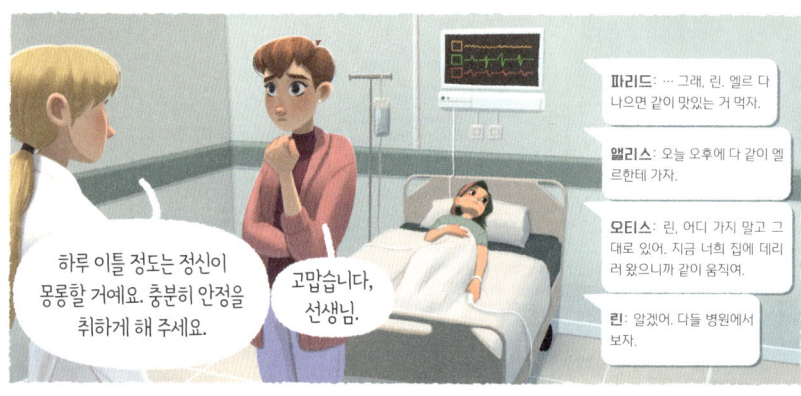

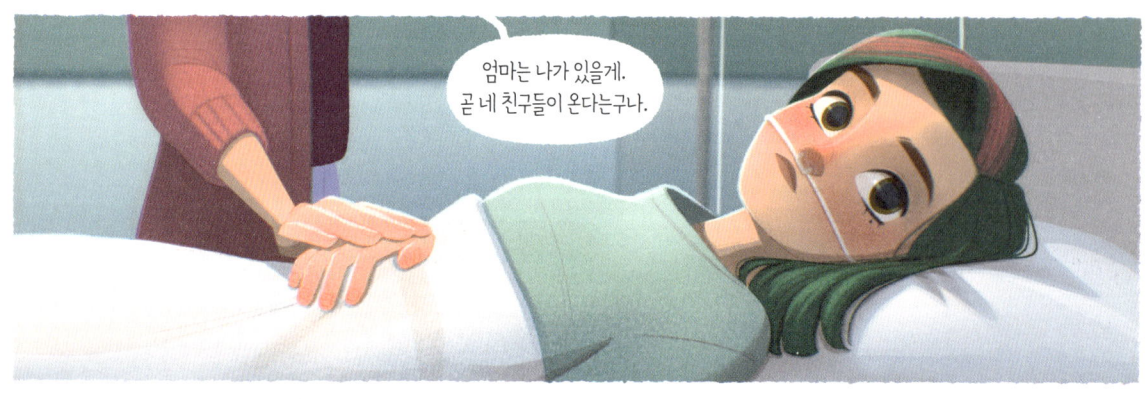

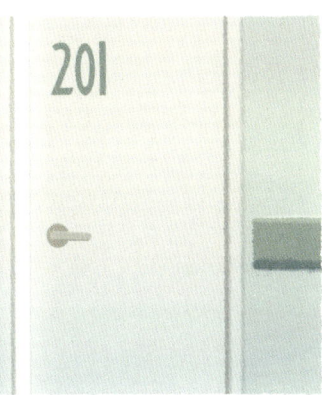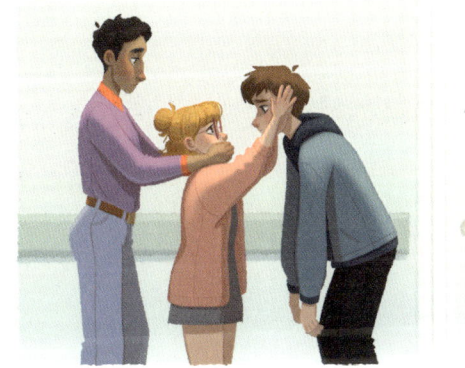

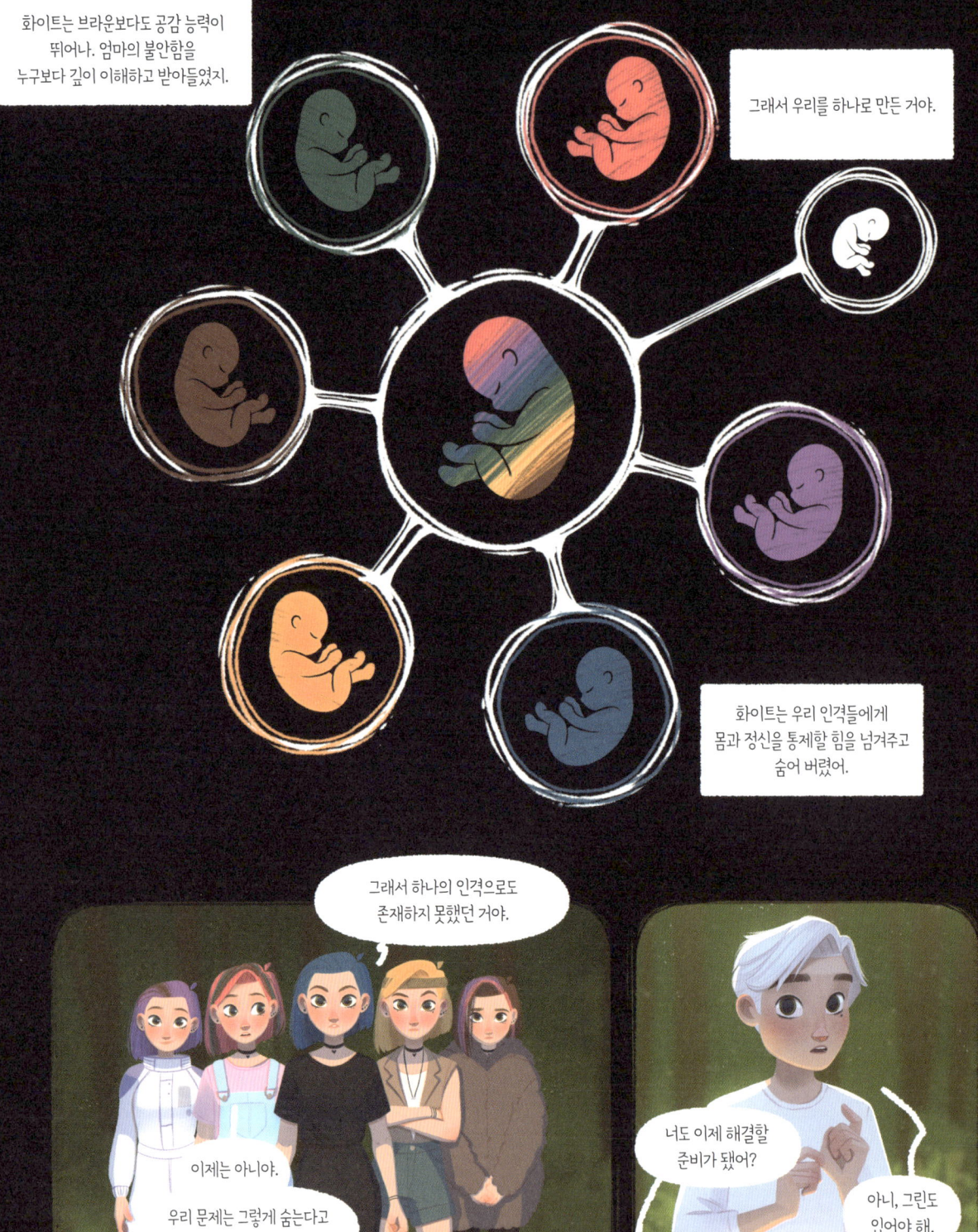

후회도 하고 반성도 하겠지.

슬픈 일도, 즐거운 일도 있을 테고.

의심도 하겠지만, 난 최선을 다할 거야.

흔들리는 감정을 받아들이고, 내 삶을 제대로 살아 내기 위해.
사랑하고 또 사랑받는 내가 되기 위해.

나에게 하고 싶은 말

엘르 시리즈 3
나라는 세계

초판 1쇄 인쇄 2025년 1월 9일
초판 1쇄 발행 2025년 1월 21일

글 키드 투생
그림 아블린 스토카르
옮김 이보미

펴낸이 김선식
펴낸곳 다산북스

부사장 김은영
어린이사업부총괄이사 이유남
책임편집 박슬기 **디자인** 남정임 **책임마케터** 신지수
어린이콘텐츠사업4팀장 강지하 **어린이콘텐츠사업4팀** 남정임 최방울 최유진 박슬기
어린이마케팅본부장 최민용
어린이마케팅1팀 안호성 김희연 이예주 **어린이마케팅2팀** 최다은 신지수 심가운
미디어홍보본부장 정명찬
편집관리팀 조세현 김호주 백설희 **저작권팀** 성민경 이슬 윤제희 **기획마케팅팀** 류승은 박상준
재무관리팀 하미선 임혜정 이슬기 김주영 오지수
인사총무팀 강미숙 이정환 김혜진 황종원
제작관리팀 이소현 김소영 김진경 최완규 이지우
물류관리팀 김형기 김신진 주정훈 양문현 채원식 박재연 이준희 이민운

출판등록 2005년 12월 23일 제313-2005-00277호
주소 경기도 파주시 회동길 490
전화 02-704-1724 **팩스** 02-703-2219
다산어린이 공식 카페 cafe.naver.com/dasankids
종이 스마일몬스터 **인쇄 및 제본** 정민문화사 **코팅 및 후가공** 제이오엘엔피

ISBN 979-11-306-5313-6 (47860)
　　　979-11-306-5310-5 (세트)

+ 책값은 뒤표지에 있습니다.
+ 파본은 본사와 구입하신 서점에서 교환해 드립니다.
+ 이 책은 저작권법에 의하여 보호를 받는 저작물이므로 무단 전재와 복제를 금합니다.